KB116189

꽃 피우며 살래요

꽃
피우며 살래요

책만드는집
시인선 206

신혜정 시집

책만드는집

　돌아보면 나의 삶의 전반이 바람이고 돌길이고 풍랑이었습니다. 시조 쓰기야말로 그 파란의 길에서 나를 곧추세우는 힘이 되었습니다. 멀리서 가까이서 지켜봐 주고 있는 이들에게 감사의 마음을 드립니다.

2022년 11월
신해정

| 차례 |

1부　　차 한잔 내 배경에는

2부   사람 안에 사람 있다

3부 살암시민 살아진다

1부

차 한잔 내 배경에는

수선화 1

오십 년 한 생애에
꽃이 핀 게 언제였나

진초록 내리사랑 알뿌리에 묻어놓고

서론만
살다가 가신
울 어머니
닮은 꽃

차 한잔 내 배경에는

창밖에 내린 봄비
눈썹도 젖어 든다

흐드러진 마음이
종이처럼 젖는 날

차 한잔 내 배경에는
나도 모르는
내가 산다

보리 싹

눈밭에 묻혔어도

살아내고 있는 거지?

밟히고 밟혔어도

허리 펴고 있는 거지?

황금빛

오월이 오면

내 꿈 다시 피는 거지?

시 한 방울

열두 번 젖을 물고도
또 우는 아기마냥

새벽마다 먼저 눈뜬
배고픈 언어들이

불혹의 새벽 창밖에
샛별처럼
빛난다

씁쓸한 고들빼기

빼고 빼서 다 없애도
아직도 사는 게
쓰디쓰다

남이라고 잊어버린
딸아이 생일이면

씁쓸한
고들빼기가
입에 자주 감긴다

오늘의 날씨

잊혀진 눈물처럼

겨울비가 내리고

피아노 건반 누르듯

통증이란 이름들

사랑도

비가 되어서

내 어깨를 적신다

꽃샘추위

길바닥 질척거리며
달라붙는 그리움처럼

비 오고 바람 불면
판 벌이는 꽃잎들처럼

올해도 꽃샘추위엔
내가 먼저
떨린다

달과 함께

혼자서 한잔할까
술 생각이 부른 친구

한달음에 달려왔어
미안해도 좋았지

고맙다 말도 못 했어
내 안색을
살피는
너

달무리 살짝 걷어
환하게 웃어주는

어쩌면 너도 나처럼
속상한 게 있었구나

"위하여!" 부딪치는 잔

실은 조금

떨렸어

민들레

잘하고 있다며

말만 하지 말구요

앞마당에 앉아서

눈만 웃지 말구요

작은 키

작은 마음의

내 손 잡아 주세요

이슬, 살아내다

희부옇게 밝아오는 멀구슬나무 아래
상사화 머리끝에 이슬이 앉아 있다
입꼬리 살짝 올리며 울듯 웃듯 피어 있다

웃는 거니 우는 거니 차라리 말을 하지
누군가는 태어나고 누군가는 사라지지만
너 거기 혼자 앉아서 수정처럼 진주처럼

눈물이다 보석이다 허공에 흔들리다
새벽마다 축복하며 쏟아지던 빛 빛 빛
느껴봐, 상처 많은 손에 토닥이며 얹어주는

상강 날에

온 삭신이 쑤신다
이슬 맺는 소리에도

나이 먹는 거야말로
힘을 빼는 일일 텐데

직
진
만
외치던 아침

흰서리가
내렸다

11월 개나리꽃

돌담 따라 걷는
아라동 올레길에

계절을 잃어버린
노랗게 송이송이

꽃들의
동
　서
　　　남
　　　　　북에
나도 길을
잃었다

집게와의 대화

절벽만이 반기는 자폐의 휴식처
제주항 등대 길로 자꾸자꾸 내려갔다
집게가 하는 말이다,
주변 상황 살피며

"ᄀ랑 몰라, 몽니는 돌트멍에 붙여놔!"
"확 가라! 너도 나모양 옆으로만 걷지 말앙"
파도가 환한 미소로
길을
조금 내준다

2부
사람 안에 사람 있다

자폐

사랑하기에

사랑해서

말없이

등을 돌린

사람 안에 사람 있다
또 다른 사람 있다

꽃 필 때
나를 버리고
나를 빼고

떠
나
는

상사화

보건소 낮은 담장 듬성듬성 내민 손길
길바닥의 고통이
사진처럼 또 찍히고
불완전
인생살이가
부싯돌을 찾는다

꿈인지 생시인지 생과 사를 넘나들고
잎 없이 꽃대 올린
희망의 증거물들
눈앞에 불꽃 피우는
초가을이
뜨겁다

운지버섯

구름으로 흐르고 싶네

바람 따라 떠나고 싶네

몸 안의 열정들이

덤불 속에 드러누운

소나무 썩은 둥치가

꽃구름을

피우네

떨림

비바람 그날 잡아

꽃눈 뿌리는 벚꽃처럼

감기 몸살 들어서야

생각나는 엄마처럼

입춘에

발꿈치 들고

해를 맞는

서릿발

매화

눈인가

꽃인가

아슬한 생이 핀다

갱년기

가지 위에

펼치는 야단법석

어쩌나,

다시 오는 봄

내 입술이

뜨겁다

퍼엉 펑

대한과 입춘 사이
춤을 추는 백사들

계사년 신년 벽두
좋은 일이 많을 것 같다

신구간 이삿짐마다
쌓여가는

눈雪

눈目

눈芽

목련

기침에 가래까지 한 달 내내 아팠구나
와르르 무너지는 꽃샘추위 자국에서
앉았다 일어서기도
쉬운 일이 아니지

쑤시고 열나면서 관절마다 아픈 나무
오십여 년 버텨온 게 습관만은 아니라며
수줍게 얼굴 내밀고
꽃을 피운
저
목련

꽃들의 답사

간혀 있었던 게
나만은 아니겠지
눈물 고인 심장 소리
떨리는 손발 끝
준비 땅 빨간 립스틱
뚜껑 열고 나섰다

북촌과 인사동에 점만 찍어도 행복해
발끝으로 글 쓰려던 열두 명의 젊은 입술
가슴속 감동의 도장 찍히는 시간들

자나간 세월 마디
웃음 끝이 아린 꽃들
비 맞아도 좋아라,
지금처럼 살고 싶어
꽃들의 집단 탈출에
비행기가 흔들려

꽃 그리기

동백꽃 가시 장미 벚꽃과 진달래

웃음꽃과 찔레꽃 물색 오른 수국까지

화선지

꽃들의 이야기

밤을 새워 그렸다

송악산 둘레길

뼈에 박힌 얼굴 하나 절벽에서 마주한다
송악산 둘레길로 노을 산책하는 날
앞서간 엄마와 딸이
손잡고서 걷는다

절울이 가슴앓이 가로줄로 쌓인 길
오르락 내리락 파상 흔적 위를 걷다
켜켜이 삼켰던 눈물
몰래 꺼내
놓는다

바닷속에 담아둔 그 이름이
참 짜다!
수평선 넘어서도 아직까지 붉은 아픔
너와 나 하늘 아래서
걸을 날이 있겠지

시로 물드는 단풍처럼

시월 곳자왈엔
숨골조차 숨죽인다
걸음걸음 옷자락에
칭얼대는 풀씨 풀씨
늦가을 떠날 준비로
작은 손을 내민다

곳자왈 앞에서 보낸
시월의 마지막 밤
떠나는 가을 앞에
시로 물드는 단풍처럼
내 속에 불붙은 사연
곳자왈에 내린다

키위 묘목을 심으며

내 손인지 봄 손인지 햇살이 눈부시다

농사일 처음이라 서투른 몸짓마다

삼 년생 키위 묘목이 뼈마디를 꺾는다

이제는 다 심었다 한숨 끝에 마침표 찍고

볕 들까 바람 들까 비를 기다리는 마음

새들의 울음소리가 봄비처럼 들린다

마주 봄

"널 꼭 닮은 자식 낳아서 키워봐!"

엄마처럼 살기 싫다며 집 나온 벚나무

봄이면 복닥거리며

엄마처럼

사네요

오월

봄볕이 좋다고

양말을 벗는 오월

아이의 발꿈치에

따라붙는 햇살마냥

풀잎 끝 이슬방울도

소리 내어 웃는다

세 살로 걸어가는

가벼운 걸음걸음

손끝에 눈길에 가슴까지 콩당콩당

길을 연 마음 마음에

새 세상이

참 좋다

도라지꽃

이웃집 텃밭에 핀 하얀 별 파란 별

밤하늘 장미성운도 부럽지가 않았다

일부러 새벽 산책을 멀리멀리 돌았다

별과 별이 헤어질 때 제 아빠를 따라간 딸

세상에 뿌리 내려 저 꽃처럼 피었겠지

보라색 꽃잎 하나가 나와 눈을 맞춘다

봄날

한잎 두잎 빗물 지고

목련 꽃잎 떨어질 때

자줏빛 떨림으로

슬며시 다가온 사람

무시로

돋는 새잎에

봄 하루가 짧아라

3부
살암시민 살아진다

남편의 재활

우리 남편 재활훈련 돌밭의 '히카마'* 농사
장마와 가뭄 사이 좌절과 희망 사이
흰나비 예언을 하듯 굴곡점 찍으며 가고

휘파람새 소리에는 바람이 절반 이상
꾹꾹 누른 발바닥도 바람길이 가득한지
노을 녘 역광에 찍힌 뒷모습이 또렷해

울퉁불퉁 살다 보면 제맛을 얻는 거다
얼기설기 어지러운 머릿속을 걷어내면
어느새 단단히 여문 '히카마'가 있었다

* jicama. '멕시코 감자'라 부르는 구근류.

철鐵없어도 좋아요

응급실 선생님 왈
두 발 다 아작 났네요

정형외과 선생님
못 걸을 수도 있어요

세 시간 수술 예상이
따따블로 넘어가고

늦둥이 여덟 살과
'죠스바'를 다투는 남편

두 발에 핀을 박아
철鐵든 남편 만들려나

마트로
싹쓸이 가요
철없어도 좋아요

기적

습습히 하던 일을
계속하며 사는 거

매일 뜨는 해를 보며
다시금 깨달아요

눈 떠서 숨만 쉬어도
저리
붉게
사는걸

묵은지

어머님 보내주신

김장 김치 열두 포기

그 옆에 갓김치랑 파김치랑 열무김치

절반쯤 남긴 사랑이

묵은지로 익어요

기일

해와 달을 섬기던

어머니 손끝처럼

겨울밤 채워가던

어머니 이야기처럼

하얀 눈 마당에 내려

발
자
국
을

덮
네
요

별도봉 아랫마을

이천년 초엽에는
곤을동에 살았었지

4·3 재연 다큐에서 죽은 자 역할이었어

지켜본 그 후손들은

뼛속으로 울었어

"그 시절 다 죽여부난 말해도 아무도 몰라"

팔구십을 바라보며 아직도 우는 자손

폭우에 떠내려가는

동부두의 파편들

"그랑 몰라, 봐사 알주" 쳐다봐도 모르는 나

죽은 자 말이 없고 살려는 자 모두 떠난

사라진 곤을동 기억

갈매기만 울고 있다

제주 첫눈

이상기온 끝 무렵엔

손이 곱고 발이 곱다

냉방에서 꽃대 올린

장미꽃 한 송이가

첫눈 온

십이월 이십구일

제 창밖을

넘본다

살암시민 살아진다

텃밭에 가득 쌓인 돌무더기 치우면서

잊고픈 얼굴들의 경계선을 그려놓고

어머니 눈물도 뿌려요 그리움도 뿌려요

배추씨 꾹꾹 눌러 흙 속에 심으면

목소리가 들린다 "살암시민 살아진다"*

생사의 자연법칙이 텃밭 안에 있네요

* "사노라면 살 길이 트인다"라는 의미의 제주어 표현.

별도봉 노을이 지고

밀물 땐 대문 앞에 파도가 부서지고
돌담을 타고 넘어
경침 놓는 무적 소리
별도봉 마주 보는 곳
환해장성 쌓인 집

화북동 4028번지
개발 앞 자살바위
떨어지는 노을에도
생사를 올려놓고
밤이면 사라봉 등대 저 혼자서 아프다

아버지의 사월

까마귀 울어대는 4·3이 아릿하다
무자년 까마귀도 저렇게 울었을까
검붉은 보름달 쪽으로
할아버지도 가셨을까?

혈혈 단신으로 세상에다 무릎 꿇던
신세타령 돈타령 술에 젖은 밤을 새우던
신촌리 올레 밖에는
자목련이 피었다

부모님 성함을 읽다

학교 가는 친구 보며 남몰래 울었주

남의 밭 일만 하며 몇십 년을 살아서

소처럼 일하고 먹으면 사는 걸로 알아서,

부모님 묫자리 표지석을 못 읽언

팔십 넘엉 글 배우난 부모님 만나점서

얼굴은 생각 안 나는디 정연복 임계순이라

복순 씨가 웃네요

'ㄱ'이 흔들려요 'ㅏ'가 떨려요

너라고 쓰고 나서 '나'라고 읽네요

아흔넷 첫걸음을 뗀 글씨들이 놀아요

글자 반 노래 반이 교실 안을 채우네요

흥얼흥얼 〈감수광〉이 손끝으로 나오네요

'혜은이' 계으니 되어도 복순 씨가 웃네요

그리움 둘 저어서

곤밥* 같은 눈 내려 오히려 포근한 밤

당신이 좋아하던 밀크커피 올립니다

커피 둘

설탕에 프림

그리움 둘

저어서

---

* 옛날 쌀이 귀해서 잡곡밥만 먹던 시절, 제삿날 제사상에 올렸던 흰쌀밥.

살아서 다행이다
– 문상길 중위를 찾아

칠십 년 지난 세월을 기다리고 있었네
임하댐 수몰지구 산 중턱에 올라앉아
강물도 달을 품은 곳
문드러진 지문을 보네

연좌제로 살았어도 조실부모 했어도
다행이다 살아남아 그날을 듣게 돼서
잘 익은 수박 한 덩이
속만 더욱 붉었네

서우봉 인동초

바다 풍경 뒤로하고 서우봉을 오른다

일호 이호 삼호 사호 일제강점기 진지동굴엔

그 시절 숨어든 사람 한꺼번에 갔단다

오월보리 베어지듯 사람들이 쓰러졌다

금빛 놀 흰 속살 검정 고무신 널려진 곳

봄의 끝 길을 걸으며 외삼촌을 만난다

속닥속닥 칠십 년 사삼사삼 입소문

움직이면 다 죽는다, 굴속으로 숨어들었던

유난히 향기가 짙은 인동초도 피었다

할미꽃

선계의 자색 비단
쓸쓸히 차려입고
괜찮다 나를 보자
물러앉으시는 엄마
구부정 고난의 세월
홀로 접고 떠나신

한 자리 비워두고
이십 년을 비워두고
본 것도 들은 것도
무심처럼 넘기라시는…
임 홀로 가만 내리신
머릿결이 고와요

수선화 2

황금 잔 곱게 들어
당신께 바칩니다

엄마가 되고서야
겨울 향기 알았어요

눈 속에 뿌리를 묻고
꽃 피우며
살래요

재활용 기법으로 피워 올린 마흔여섯 꽃송이
– 신해정의 첫 시집『꽃 피우며 살래요』를 중심으로

고정국 시인

  나이 좀 들고 보니, 삶의 칠에서 팔 할이 슬픔인 것 같습니다. 그러나 슬픔이 반드시 나쁜 것만은 아니라는 것도 알 수 있습니다. 슬픔은 우리의 생각을 바꾸게 하고 전혀 다른 삶의 동기를 부여할 수 있음을 알 수 있습니다. 한창나이에 참으로 다사다난한 현실을 견디면서도 결코 꿈을 잃지 않기 위해 시조단의 말석에 움츠려 있는 신해정 시인이 갑자기 첫 시집의 원고 서류 봉투를 들고 해설을 '강요'해 왔습니다. 피치 못할 이유를 들며 손을 모으는 그녀 앞에 도저히 해설을 고사할 수가 없었습니다.

  돌아와 그 원고를 몇 번 읽었습니다. 지극히 사적인 내용들이었습니다. 오로지 시인 자신, 그것도 어머니와 본인 그리고 피치 못할 이유로 엄마 손목을 놓고 가버린 딸아이에 대한 진한 감정이 주조를 이루고 있었습니다.

시집 맨 첫 자리의 작품이 「수선화 1」이었고, 맨 마지막 작품이 「수선화 2」였습니다.

1. 사건에서 해석으로

꽃이 무엇일까요? 이번 시집 제호가 '꽃 피우며 살래요'라 하니, 시인이 말하는 꽃의 의미가 자못 궁금해지는군요. "돌아보면 나의 삶의 전반이 바람이고 돌길이고 풍랑이었습니다. 시조 쓰기야말로 그 파란의 길에서 나를 곤추세우는 힘이 되었습니다"라는 이 시집의 짤막한 '시인의 말'에서 시인이 삶 전반에 걸쳐 겪었던 사건들을 짐작할 수가 있을 것 같습니다. 그리고 그 사건들이야말로 쓰라림의 기억들이며 배움의 시간들일 것입니다.

오십 년 한 생애에
꽃이 핀 게 언제였나

진초록 내리사랑 알뿌리에 묻어놓고

서론만
살다가 가신
울 어머니
닮은 꽃
–「수선화 1」 전문

이 시집에는 종종 꽃이 등장하는데, 20여 년 전 돌아가신 어머니와 제 아빠 따라 엄마 곁을 떠난 딸아이, 그로 인해 자폐증 환자처럼 말을 참으며, 아픔을 참으며 결코 희망을 포기하지 않았던 스스로 내면의 자아와 주고받았던 시인의 독백들이 바로 이러한 꽃들입니다.

최근 읽었던 시집들 중에서도 드물게 작품 수가 마흔여섯 편이며 그도 단수나 2연 정도의 짧은 시편들입니다. 첫 시집치고 수록 편수가 적고 호흡도 짧은 작품들인데, 여기에서는 상당한 시인의 절제력을 감지해 낼 수가 있습니다. 결국엔 심플simple 과 심벌symbol이라는 시조의 본질에 접근한 것 같습니다.

황금 잔 곱게 들어
당신께 바칩니다

엄마가 되고서야

겨울 향기 알았어요

눈 속에 뿌리를 묻고

꽃 피우며

살래요

  –「수선화 2」전문

  이번 시집 맨 끝 페이지에 마무리된 작품입니다. 첫 작품이
「수선화 1」어머니의 주문이었고, 맨 나중 작품 「수선화 2」가
시인 본인의 다짐인 것 같습니다. 하얀 꽃송이 가운데 알맞게
익힌 달걀 노른자위의 수선화를 보면서 돌아가신 어머니를 생
각하고 있습니다. "엄마가 되고서야/ 겨울 향기 알았어요// 눈
속에 뿌리를 묻고/ 꽃 피우며/ 살래요."

  눈 속은 삶의 어려움이지요. 그 속에서 빚어 올리는 꽃이야
말로 이곳에 수록된 마흔여섯 송이 꽃이 아닐 수 없습니다.

  결국 작품 전편을 통해 느껴지는 것이 곧바로 가족 이야기임
을 알 수 있습니다. 평탄치 못한 가족 이야기를 바닥에 깔면서
그곳에 뿌리를 둔 아픈 가족사가 감지되는 시집입니다.

  엄마는 시인 과거의 거울이고 딸은 시인의 미래 거울입니다.
20여 년 전 교통사고로 세상을 뜨신 엄마와, 다중적 문제로 제

아빠 따라 가버린 딸의 이야기를 떠올리는 작품들을 읽으면서
필자의 숨소리가 잠시 고르지 못했던 것을 고백합니다.

사랑하기에

사랑해서

말없이

등을 돌린

사람 안에 사람 있다
또 다른 사람 있다

꽃 필 때
나를 버리고
나를 빼고

떠

나

는

－「자폐」 전문

가끔 문학 행사 관계로 만날 때마다 신해정 시인의 얼굴에는 미소가 넘친다는 점입니다. 이번 그녀의 작품 전편을 통해 확인할 수 있는 것이 바로 스스로 자폐증을 앓고 있다는 시인의 독백을 보면서 "꽃 필 때/ 나를 버리고/ 나를 빼고// 떠/ 나/ 는"또 하나의 너(자아)를 확인할 수 있습니다. '자폐'라는 내면의 감옥 속에 갇혀버린 상태에서 그곳에서 뿌리를 뻗고 영성의 잔뿌리를 내리고서는 전혀 새로운 꽃송이를 잉태하고 있었습니다.

아름답다고 소문난 곳일수록 역사적으로 아픔이 많았다는 공통점이 있기 마련입니다. 제주도가 그러하고 그중에도 대정읍 모슬포 지역 송악산이 그러합니다. 이곳에는 동굴과 무덤이 많다는 것, 그중에도 송악산은 그곳에 감춰진 크고 작은 분화구나 동굴이며 저마다의 역사적 아픔의 흔적들이 널린 곳입니다.

송악산은 그 모양새가 다른 화산들과는 달리 여러 개의 크고 작은 봉우리들이 모여 있습니다. 주봉이 104m이고 그 주봉을 중심으로 하여 둘레 500m, 깊이 80m 정도 되는 분화구가 있는데 그곳에는 아직도 검붉은 송이나 화산재가 남아 있을 뿐만 아니라, 바닷가 해안 절벽에는 일제 때 일본군이 뚫어놓은 진지동굴이 여럿 있습니다. 이 송악산 둘레길에는 오르락내리락 역사적 파상 흔적이 많아 최근에는 관광 명소로 알려지고 있습니다. 이 둘레길에서 만나는 파상 흔적들은 현대사에 연관된 이곳 주민들의 가슴속의 파상 흔적과도 일치하는 것 같습니다. 그리고 여기 신해정 시인의 가슴에 남은 흉터와도 연결되어 있습니다.

뼈에 박힌 얼굴 하나 절벽에서 마주한다
송악산 둘레길로 노을 산책하는 날
앞서간 엄마와 딸이
손잡고서 걷는다

절울이 가슴앓이 가로줄로 쌓인 길
오르락 내리락 파상 흔적 위를 걷다
켜켜이 삼켰던 눈물
몰래 꺼내
놓는다

바닷속에 담아둔 그 이름이
참 짜다!

수평선 넘어서도 아직까지 붉은 아픔

너와 나 하늘 아래서

걸을 날이 있겠지

    –「송악산 둘레길」전문

    제주의 선배 문인 김순이 시인은 "제주바다는 소리쳐 울 때 아름답다"고 노래하고 있습니다. "절울이 가슴앓이 가로줄로 쌓인 길"에서 '절울이'는 '절(파도)이 소리쳐 울다'에서 비롯된 특이한 지명인 것 같습니다.

    가파도 마라도가 한눈에 보이는 이곳은 현대사와 연관된 다양한 고유명사를 갖고 있습니다. 일제 탄압기에 탄약고로 쓰이던 이곳에 6·25 발발 직후 예비검속으로 잡혀 온 218명의 주민들이 집단 학살된 섯알오름, 그와 연관된 백조일손지묘와 만뱅듸 공동장지 등이 그렇습니다.

    그리고 여기, 그 송악산 둘레길을 걸으며 앞서가는 외지의 관광객 모녀를 본 것 같습니다. 이별 당시 자기 얼굴을 쏙 빼닮았던 딸을 생각하고 있습니다. "바닷속에 담아둔 그 이름이/ 참 짜다!" 이 작품에서 흔치 않게 "눈물"이라는 시어를 꺼내는 걸 봐도 꾹꾹 참고 살아온 신 시인의 속내를 짐작할 수 있을 것 같습니다. "수평선 넘어서도 아직까지 붉은 아픔/ 너와 나 하늘 아래서/ 걸을 날이 있겠지"라며 바닷속에 담아둔 그 짜디짠 이름의 딸의 모습을 볼 수 있으리라는 희망을 포기하지 않고 있음을 알 수 있습니다.

이웃집 텃밭에 핀 하얀 별 파란 별

밤하늘 장미성운도 부럽지가 않았다

일부러 새벽 산책을 멀리멀리 돌았다

별과 별이 헤어질 때 제 아빠를 따라간 딸

세상에 뿌리 내려 저 꽃처럼 피었겠지

보라색 꽃잎 하나가 나와 눈을 맞춘다
  ─「도라지꽃」전문

앞의 작품 「송악산 둘레길」에 등장했던 "바닷속에 담아둔 그 이름이／ 참 짜다!"의 주인공, 바로 아빠 따라 엄마 곁을 떠났던 딸아이의 모습을 이웃집 텃밭에 하얗게 또는 파랗게 핀 '도라지꽃'으로 그려내고 있습니다. 하얀 송이 파란 송이의 두 빛깔로 피어나는 도라지꽃에서 밤하늘 장미성운을 보듯 엄마의 모습을 쏙 빼닮은 딸아이, "별과 별이 헤어질 때 제 아빠를 따라간 딸"을 떠올리며 도라지꽃을 볼 때면 이처럼 소중한 대상인 딸의 이미지를 마치 외뿔소자리에 있는 장미처럼 붉게 보이는 신비로운 우주의 빛깔을 보이는 성좌를 모셔놓은 듯 "일부러 새벽 산책을 멀리멀리 돌았다" 그려내면서 그중 "보라색 꽃잎 하나가 나와 눈을 맞춘다"로 매듭지으면서 그 간절함을 도라지꽃을 빌려 사랑의 눈길을 나누고 있습니다.

선계의 자색 비단
쓸쓸히 차려입고
괜찮다 나를 보자
물러앉으시는 엄마
구부정 고난의 세월
홀로 접고 떠나신

한 자리 비워두고
이십 년을 비워두고
본 것도 들은 것도
무심처럼 넘기라시는…
임 홀로 가만 내리신

머릿결이 고와요

　－「할미꽃」전문

　이미 돌아가신 어머니가 어느새 할머니가 되셔서 꽃으로 피
어난 모습 앞에 쭈그려 앉아 꽃과 나누는 대화가 따뜻합니다.
이 할미꽃이야말로 "구부정 고난의 세월/ 홀로 접고 떠나신"
어머니의 초상입니다. "괜찮다"를 반복하시며 "본 것도 들은 것
도/ 무심처럼 넘기라" 하시는 어머니의 "임 홀로 가만 내리신/
머릿결"을 마음으로 쓰다듬는 화자의 마음가짐이 슬프도록 아
름답습니다.

　2. 해석에서 인식으로

　　돌담 따라 걷는
　　아라동 올레길에

　　계절을 잃어버린
　　노랗게 송이송이

　　꽃들의

동

　　　　서

　　　　　남

　　　　　　북에

　　　나도 길을

　　　잃었다

　　　　－「11월 개나리꽃」 전문

　급변하는 세상의 물결에 중심 개념을 잃고 흔들리는 화자의
진술 같습니다. 봄에 피어야 할 개나리꽃이 11월에 피고 있습
니다. 9월에 한들한들 피던 김상희 가수의 '코스모스'가 5월이
면 달려와 피고, 여기에서는 이른 봄에 갓 눈 뜬 이레강아지 발
바닥처럼 귀엽게 피던 개나리가 11월에 피는 만큼 세태가 크게
변하고 있음을 보면서 미처 업그레이드되지 못하는 중년 이후
의 자아를 "꽃들의/ 동/ 서/ 남/ 북에/ 나도 길을/ 잃었다"고 표
현한 것 같습니다.

　　눈밭에 묻혔어도

　　살아내고 있는 거지?

밟히고 밟혔어도

허리 펴고 있는 거지?

황금빛

오월이 오면

내 꿈 다시 피는 거지?
　－「보리 싹」전문

　인동의 체질로 겨울을 나는 식물들의 엽록소는 눈을 녹일 만
한 열을 발생시킨다는 것을 읽었던 기억이 있습니다. 눈 위에
피어나는 수선화나 복수초, 그리고 꽁꽁 언 표토를 뚫고 일어
서는 어린 보리 싹들이 그러리라 믿습니다. '보리 싹'이라는 여
린 식물의 이름을 빌려 다짐하는 시인의 자립 의지가 보기에
좋습니다.
　그토록 기나긴 어려움의 세월을 체험하면서도 결코 굴복하
지 않고 스스로에게 당당한 모습으로 살아가겠다며 이 짤막한
시조의 행간에서 거듭거듭 자신과의 다짐을 하고 있습니다. 아
니, 저들 보리 싹이 오히려 신해정 시인에게 당부하는 것이 아

닐까 하는 생각도 듭니다.

> 희부옇게 밝아오는 멀구슬나무 아래
> 상사화 머리끝에 이슬이 앉아 있다
> 입꼬리 살짝 올리며 울듯 웃듯 피어 있다
>
> 웃는 거니 우는 거니 차라리 말을 하지
> 누군가는 태어나고 누군가는 사라지지만
> 너 거기 혼자 앉아서 수정처럼 진주처럼
>
> 눈물이다 보석이다 허공에 흔들리다
> 새벽마다 축복하며 쏟아지던 빛 빛 빛
> 느껴봐, 상처 많은 손에 토닥이며 얹어주는
> ―「이슬, 살아내다」 전문

잎이 지면 꽃이 피고, 꽃이 피면 잎이 지는 상사화 꽃잎 끝에 맺혀 있는 한 방울의 이슬을 바라보면서 "웃는 거니 우는 거니" 또는 "눈물이다 보석이다"를 반복하면서 자신 스스로도 확언할 수 없는 시인의 속내를 내비치고 있습니다. 그러나 작품 전편에서 봤을 때 잎이 지면 꽃이 오고 슬픔이 가면 기쁨이 온다는 확신을 이슬방울이 전해주는 "빛"을 강조하면서 차라리 이

슬에서 상처 많은 손길로 위안을 받고 있습니다.

 대한과 입춘 사이
 춤을 추는 백사들

 계사년 신년 벽두
 좋은 일이 많을 것 같다

 신구간 이삿짐마다
 쌓여가는

 눈雪

 눈目

 눈芽
  ―「펑엉 펑」전문

 어쩌면 2013년 입춘 녘에 펑엉 펑 퍼붓는 함박눈을 아름 가
득 껴안으면서 "계사년 신년 벽두/ 좋은 일이 많을 것 같다"라
며 '눈 설雪', '눈 목目', '눈 아芽' 등 백사白蛇들의 춤사위로 긍정

의 언어들과 연결 짓고 있습니다. 그리고 다시 꽃샘추위 계절을 맞는 목련나무를 보며 "쑤시고 열나면서 관절마다 아픈 나무"(「목련」)라면서 자화상을 그려내고 있습니다.

그리고 여기, 모녀간에 주고받았음 직한 갈등의 언어가 대부분 사람들 삶의 모습들을 대변하는 것 같습니다.

"널 꼭 닮은 자식 낳아서 키워봐!"

엄마처럼 살기 싫다며 집 나온 벚나무

봄이면 복닥거리며

엄마처럼

사네요
  – 「마주 봄」 전문

초봄이면 왁자자 요란스레 피었다가 요란스레 길을 덮는 벚꽃의 이름을 빌려 "엄마처럼 살기 싫다며 집 나온 벚나무", 그리고 "봄이면 복닥거리며"라는 표현이 밉지 않게 다가오고 있습니다.

해와 달을 섬기던

어머니 손끝처럼

겨울밤 채워가던

어머니 이야기처럼

하얀 눈 마당에 내려

발
자
국
을

덮
네
요
－「기일」전문

다시 겨울이 오고, 어머니 기일에 맞춰 눈이 내린 것 같습니다. 제사가 끝난 시각에 마당을 포근히 덮는 눈을 보면서 "해와 달을 섬기던// 어머니 손끝" 또는 "겨울밤 채워가던// 어머니 이야기"를 떠올리고 있습니다. 그리고 당신이 세상을 떠난 지 20여 년, 오랜만에 딸의 집에 왔다가 다시 하늘로 떠나시는 어머니의 발자국이 송이송이 내린 눈으로 덮이고 있는 마당을 포근한 마음가짐으로 그려내고 있습니다.

까마귀 울어대는 4·3이 아릿하다
무자년 까마귀도 저렇게 울었을까
검붉은 보름달 쪽으로
할아버지도 가셨을까?

혈혈 단신으로 세상에다 무릎 꿇던
신세타령 돈타령 술에 젖은 밤을 새우던
신촌리 올레 밖에는
자목련이 피었다
  -「아버지의 사월」 전문

꽃의 이야기는 다시 아버지와 할아버지로 이어지고 있습니다. 4·3 때 7대 독자(시인의 아버지)를 혼자 두고 "검붉은 보름 달 쪽으로" 떠나신 할아버지를, 거기에다 시인의 고향 제주시 조천읍 신촌리 올레 밖에 핀 자목련을 보면서 "혈혈 단신으로 세상에다 무릎 꿇던/ 신세타령 돈타령 술에 젖은 밤을 새우던" 아버지를 그려내고 있습니다. 어쩌면 시인 개인적 가족사 같지만, 당 시대에 제주에 살았던, 아니 해방 전후를 살았던 이 땅 모든 가족의 이야기를 여기 신해정 시인이 대신 노래하고 있는 것 같습니다.

3. 인식에서 사랑으로

주변의 동식물 또는 무생물에 이르기까지 그 모든 사물들은 저마다 이름을 가지고 있습니다. 그 이름을 붙여준 것이 바로 사람입니다. 그리고 사람에게서 이름을 받은 그 사물들은 제 이름을 닮아가기 위해 한시도 쉬지 않고 진화해 나가고 있음을 알 수 있습니다. 덤불 속에 드러누운 소나무 썩은 둥치에서 솟아난 버섯을 보고 '운지버섯'이라는 이름을 달아준 작명가야 말로 시인 중의 시인이 아닐 수 없습니다.

구름으로 흐르고 싶네

바람 따라 떠나고 싶네

몸 안의 열정들이

덤불 속에 드러누운

소나무 썩은 둥치가

꽃구름을

피우네
 –「운지버섯」 전문

　그리고 여기, "덤불 속에 드러누운// 소나무 썩은 둥치"에서
솟아오르는 버섯 이름이 '운지버섯'임을 알고 "구름으로 흐르
고 싶네// 바람 따라 떠나고 싶네" 노래하는 이가 바로 오늘의
주인공 신해정 시인이 아닐까 싶습니다. "소나무 썩은 둥치"를
한창나이 대부분을 아픔으로 살아온 자아에 갖다 맞추면서 새
로운 생명의 꽃구름을 피워 올리고 있습니다. 그 꽃구름의 출
처가 "소나무 썩은 둥치"이며 그 많은 '아픔'들을 꽃구름으로

피워 올리려는 내면의 에너지가 곧 시인의 내면에 잠재해 있는 '열정'이 아닐까 싶습니다.

　'아픔'을 풀어내지 못하면 한恨으로 남지만, 그 아픔을 긍정적 언어로 풀어낸 것이 바로 '꿈'이 되고 그 꿈의 일부분이 오늘 "꽃구름"이라는 또 한 송이 '꽃'으로 피어나고 있습니다.

　그리고 여기, 가족 이야기가 새롭게 이어지고 있습니다.

　　응급실 선생님 왈
　　두발 다 아작 났네요

　　정형외과 선생님
　　못 걸을 수도 있어요

　　세 시간 수술 예상이
　　따따블로 넘어가고

　　늦둥이 여덟 살과
　　'죠스바'를 다투는 남편

　　두 발에 핀을 박아

철鐵든 남편 만들려나

마트로
싹쓸이 가요
철없어도 좋아요
　ー「철鐵없어도 좋아요」 전문

　어렵게 새로이 만난 남편이 일하다가 지붕에서 추락하여 양
쪽 다리 골절상을 입어 앞으로 못 걸을 수도 있다는 정형외과
의사의 절망적 진단을 받습니다. 그런데 "따따블로 넘어"간 수
술 시간이 지나 "두 발에 핀을 박아/ 철鐵든 남편"이 입원실 침
대에 누운 상태에서 "늦둥이 여덟 살과/ '죠스바'를 다투는" 모
습에서 시인은 새로운 희망의 메시지를 전해 듣습니다.
　제아무리 어렵고 슬픈 삶 속에서도 짤막짤막한 행복과 사랑
이 있기 마련입니다. "남편"과 "늦둥이 여덟 살"이 '죠스바'라는
아이스크림을 두고 다투는 모습을 보는 '아내' 또는 '엄마'의
그 짧은 행복의 눈물을 헤아리면서, '철없어도 좋아요, 제발 살
아남아 제 곁에 있어줘요'라는 간절한 시인의 기도를 읽을 수
있습니다.

　이러한 절망적 삶의 과정을 보내면서도 어느새 삶의 목적인

공헌, 즉 사회봉사 활동에 참여하여 열심히 살아가는 시인의 모습을 보게 됩니다. 해녀들과 함께하는 바다 청소는 물론, 가정위탁 아이들과의 간식 나눔 사업, 그리고 경로당의 할아버지 할머니들께 한글을 가르치는 이른바 문해文解교육 사업에도 열을 올리고 있습니다.

'ㄱ'이 흔들려요 'ㅏ'가 떨려요

너라고 쓰고 나서 '나'라고 읽네요

아흔넷 첫걸음을 뗀 글씨들이 놀아요

글자 반 노래 반이 교실 안을 채우네요

흥얼흥얼 〈감수광〉이 손끝으로 나오네요

'혜은이' 계으니 되어도 복순 씨가 웃네요
  ─「복순 씨가 웃네요」 전문

할아버지 할머니들과 가수 혜은이 노래 〈감수광〉을 함께 부르며 그 가사를 직접 써보는 시간, "글자 반 노래 반이 교실 안

을 채우네요"에서 보듯 그렇게 아흔넷의 연세에 처음으로 한
글을 쓰신 복순 할머니의 이야기 「복순 씨가 웃네요」 작품이
읽는 이의 눈가에 이슬이 맺히게 하고 있습니다.

이처럼 비교적 호흡이 짧은 신해정 시조 전편을 읽고서 그
이면에 얼룩진 삶의 결을 감지해 낼 수 있습니다. 그렇다면 시
인에게 있어서 세월과 아픔이란 흘려보내는 것이 아니라, 가슴
속에 쌓아두고서 성찰의 그릇에서 재활시키는 것임을 알 수 있
습니다.

캄캄한 흙 속에 뿌리를 내리고 초록 줄기를 밀어 올리는 시
속의 꽃들이 감당키 어려운 현실을 살면서도 결코 희망을 포기
하지 않는 사람의 태도를 보여주는 것이며 그것이 바로 신해정
시인이 세상을 향해 던지는 희망의 메시지인 것 같습니다. 그
렇다면 희망이란 앞으로 다가올 미래에 있는 것이 아니라, 이
미 신해정 시인의 가슴속에 존재하고 있었던 것입니다.

대부분의 작품에서 기쁨처럼 반짝이는 한 줄의 관조적 문장
들이 사람의 눈길을 멈춰 세웁니다. 그 제목 속에 들어와 제 몫
을 다하면서 작품 전체에 이바지하는 낱말과 낱말들, 음보와
음보들이 알맞게 자리했을 때 읽는 이들을 즐겁게 해준답니다.

파도가 환한 미소로/ 길을/ 조금 내준다

－「집게와의 대화」부분

잎 없이 꽃대 올린/ 희망의 증거물들
－「상사화」부분

비바람 그날 잡아// 꽃눈 뿌리는 벚꽃처럼
－「떨림」부분

갱년기// 가지 위에// 펼치는 야단법석
－「매화」부분

늦가을 떠날 준비로/ 작은 손을 내민다
－「시로 물드는 단풍처럼」부분

새들의 울음소리가 봄비처럼 들린다
－「키위 묘목을 심으며」부분

생사의 자연법칙이 텃밭 안에 있네요
－「살암시민 살아진다」부분

울퉁불퉁 살다 보면 제맛을 얻는 거다

－「남편의 재활」부분

두 발에 핀을 박아/ 철鐵든 남편 만들려나

－「철鐵없어도 좋아요」부분

매일 뜨는 해를 보며/ 다시금 깨달아요

－「기적」부분

팔구십을 바라보며 아직도 우는 자손

－「별도봉 아랫마을」부분

웃는 거니 우는 거니 차라리 말을 하지

－「이슬, 살아내다」부분

　특히 신해정 시인이 던지는 메시지는 사적인 사건에 매여 있
지 않고, 그 사건 이후에 삶의 과정을 통해 인생을 해석하고 그
체험을 재활용하면서 용서와 희망과 사랑의 꽃을 피워내고 있
습니다. 아픈 체험의 부정적 언어들을 문학, 아니 시조라는 정
형의 틀에 쓸어 담아 이를 긍정의 언어로 발육시키고 있습니
다. 그리고 이 세상에 울긋불긋 피어난 꽃들의 아름다움 기저
에는 저마다 그만한 아픔이 있음을 인지시켜 주고 있습니다.

지극히 사적인 이야기를 개인적 넋두리의 나열이 아닌, 이 시대 많은 사람들의 이야기로 승화시키며 아름답게 꽃피우는 시조 초년생 신해정 시인의 앞날에 더 큰 문운과 행복이 함께하기를 빕니다.

꽃 피우며 살래요

—

초판 1쇄 2022년 11월 11일
지은이 신해정
펴낸이 김영재
펴낸곳 책만드는집

—

주소 서울 마포구 양화로3길 99, 4층 (04022)
전화 3142-1585·6
팩스 336-8908
전자우편 chaekjip@naver.com
출판등록 1994년 1월 13일 제10-927호
ⓒ 신해정, 2022

—

* 이 책의 판권은 저작권자와 책만드는집에 있습니다.
  이 책 내용의 전부 또는 일부를 재사용하려면 양측의 동의를 받아야 합니다.
* 잘못 만들어진 책은 구입하신 서점에서 바꾸어 드립니다.

—

ISBN 978-89-7944-817-7 (04810)
ISBN 978-89-7944-354-7 (세트)